若如初见

李明军　著

贵州出版集团
贵州人民出版社

图书在版编目（CIP）数据

若如初见 / 李明军著 . -- 贵阳：贵州人民出版社，
2020.6

ISBN 978-7-221-16015-7

Ⅰ . ①若… Ⅱ . ①李… Ⅲ . ①诗集－中国－当代
Ⅳ . ① I227

中国版本图书馆 CIP 数据核字（2020）第 094946 号

若如初见

李明军 / 著

总 策 划	陈继光	
责任编辑	陈丽梅	
装帧设计	郑　星	
出版发行	贵州出版集团　贵州人民出版社	
社址邮编	贵阳市观山湖区会展东路 SOHO 办公区 A 座　550081	
印　　刷	四川金邦印务有限公司	
开　　本	880 毫米 ×1230 毫米　1/32	
印　　张	6	
字　　数	120 千字	
版　　次	2020 年 6 月第 1 版	
印　　次	2020 年 6 月第 1 次印刷	
书　　号	ISBN 978-7-221-16015-7	
定　　价	45.00 元	

　　李明军，笔名穆雨菲，号老岭居士。1983年出生，河北青龙人，满族，中共党员。供职于青龙农村信用联社股份有限公司。中国金融作协会员、中华诗词学会会员。诗词师从包德珍先生，受益至多。作品散见于《中华辞赋》《中华诗词》《诗词月刊》《星星·诗词》《东坡赤壁诗词》《诗词家》《诗词报》《金融文坛》《秦皇岛日报》等诗刊杂志，部分作品入选《中国网络诗歌史编》《中国当代诗人词家代表作大观》《中国诗歌二十一世纪十年精品选编》《祖国颂歌》《当代金融文学精选》等选本。

家人合影

与恩师包德珍先生合影

序　言

包德珍

一

　　古典诗歌中，有历史、道德，有哲学、文学、美学，有中华民族之魂，涵储了中国人文精神的基因。作为中国人，不论从事什么职业，也不论有什么样的信仰，都或多或少，或直接或间接地与古典诗歌相联系。中国优美的古典诗歌对于培育中华民族的审美素质和审美水平有极大的作用。每一个民族都有其代表性的文化精英，俄国人以普希金为荣，英国人以莎士比亚为傲。中国古典诗歌艺术中的《诗经》《楚辞》、汉乐府、唐诗、宋词、元曲等，都产生了极其辉煌而又互不重复的成就。作为最杰出代表的一系列诗（词）人，如屈原、陶渊明、李白、杜甫、白居易、苏东坡、李清照、辛弃疾、陆游等，他们都是中国文化史上的巨人。直到今天，中国古典诗歌仍然影响着国人的文化生活，并显示出顽强的生命力。

　　所谓文如其人，文章是一个人内心世界的体现，是理念和思想的表述。在古代，科举取士就是通过一两篇文章，来判断这个人是否可用，也就是文章写得好，可以当官。即便现在，作文也是高考中分数最多的单题。文学作品体现了一个人的志趣、爱好，是对家、国和社会的情感认知，是对前途、事业的感悟追求，是世界观、人生观、价值观的直接展示，在某种程度上也是一个人能力的反映。放在现在，也一样，一篇优秀的论文，除了有可圈可点的科研成果外，一般也是一篇美文，甚至读着就是一种享受。今天通过诗人的作品，可以管窥他们的情怀、修养和境界。

我与本诗集作者李明军认识近三年，去年在北京见了一面，他做金融工作，又同是满族人，一见格外亲切，性格内向言少但出语真诚。拜读他转过来的作品，虽然写诗时间不长，但确能掌握诗之美学的理论，作品充满灵气。诗主张流畅，乃言辞达意，音韵美妙，便于吟诵，节奏和谐，朗朗上口，诗的语言珠圆玉润，舒展大方。于意义上也讲究行笔连贯，舒朗大方，淋漓尽致，如行云流水，一气呵成。

慵懒云襟拂醉枝，思君无尽月明时。

春宵一去香飞雪，烟雨红尘又恨谁。

——《杏花》

卷舒陈事重提案，一浪翻平一浪追。

亘古流沙沉铁马，波涛不尽勒天涯。

——《观海》

千行羁旅笑言谈，一卷诗词伴岭南。

多少俊才流谪地，含娇山水满天蓝。

——《途行》

第一首《杏花》是咏物诗，寄意移情于物并且用了拟人手法，"慵懒云襟拂醉枝，思君无尽月明时"，将杏花比作美女，把花之外貌写成女子外貌状，用动词"懒"与"醉"托出下句——"思君无尽月明时"，从形到神。"春宵一去香飞雪，烟雨红尘又恨谁"转结含蓄委婉，道出内心思念情怀。以物寄托，贵有寄托；意在言外，言尽意存；表里相宜，比事情通；身世之感，通于性灵。

第二首《观海》、第三首《途行》借景抒怀。"卷舒陈事重提案，一浪翻平一浪追。亘古流沙沉铁马，波涛不尽勒天涯。"写海的生命流程，其中包含许多值得品味的阅历，何尝不是人生的写照。"千行羁旅笑言谈，一卷诗词伴岭南。多少俊才流谪地，含娇山水满天蓝。"难说处一语而尽，易说处莫便放过，明白如话，不加藻饰，如一泓山泉，看似平淡，掬入口中品尝，却别有甘洌。全本诗词明了能读，读之能懂，符合诗词艺术之根本要求，且有疏朗清新、雅淡纯朴、通俗恬静、清水出芙蓉，天然去雕饰之诗风。

二

霍松林教授曾说过："绝句不易作好，所谓易作而难工。容易处也就是困难处，要用寥寥二十字或二十八个字作成一首好诗，说大话、唱高调、炫耀才学、卖弄辞藻、铺排典故、大发议论都无用武之地。必须情感真挚，兴会淋漓、神与境合、境从句显、景溢目前、意在言外，节短而韵长，语近而情遥，神味渊永，兴象玲珑，令人一唱三叹，低回想象于无穷，这才是绝句的精品。"所以绝句字少意应多，不仅句美更要意美，诗之感人处在味浓，作者李明军的诗集中绝句占了很大比例，而且首首凝练，厚重不失灵气。

春枝舞碧涛，晓雾湿红袍。
相看无人问，归来满露桃。
　　　　　　——《题图诗》

十载不归乡，人来陌草长。
深村留树鸟，啼醒少时光。
　　　　　　——《归乡偶题》

月渡秦淮水，金陵十里纱。
依依流不尽，何处是津涯？
　　　　　　——《古秦淮》

这三首五绝更见底蕴精炼，诗品云：犹矿出金，如铅出银，超心炼冶，绝爱淄磷。此乃简洁、洗练、利落、凝练之谓也。诗词文字有限，讲究言简意丰，一字传神，但简练绝非简单之谓，简单者一览无余，简练乃字外有意，言有尽而意无穷。三首绝句的结句是点题之本，"相看无人问，归来满露桃""深村留树鸟，啼醒少时光""依依流不尽，何处是津涯"。 五绝得其神韵，诗可以兴，兴方能有境界，境界之最高处方有神韵。淡远冲和，清远古澹，兴象超逸，化境悟境，即事生情，即语绘状，极耐回味。

昔景寒窗下，奔波各学涯。
朝朝千苦忆，脉脉一心知。
花有重开日，人无再少时。
残年挥似箭，志在勿行迟。

　　　　　　　——《无题》

　　诗言志，直抒臆。"朝朝千苦忆，脉脉一心知。花有重开日，人无再少时。"写情能到真处好，能到痴处亦好。痴者，思虑发于无端也，情深则往往因无端之事，作有关之想也。"残年挥似箭，志在勿行迟。"王静安《人间词话》云："客观之诗人不可不多阅世，阅世愈深则材料愈丰富愈变化，《水浒传》《红楼梦》之作者是也。主观之诗人不必多阅世，阅世愈浅则性情愈真，李后主是也。"则真情、痴情文字皆不需以阅历、经验、事理为依归明矣。痴情最是看得不透；阅世深者是看得最透，发为文字，自别有一番犀利可取处，体味之尤足以增人识见，虽属于人之理智方面，不受感情之支配，但词人往往仍寄深慨，不单纯以明理为既足，盖风人之旨，动蓄一种菩萨心肠，发一下内心之情足以见寄望。

序
言
05

楚汉戈城驻，敲棋细复磨。

盘中高布策，营角妙排窠。

一局硝烟少，交兵战事多。

输赢无计论，总在笑言过。

——《步韵恩师包德珍先生得棋字》

这首写棋的诗见情理，以理胜，对弈如两国交战，需战略战术，这方面体现一个谋策了。"盘中高布策，营角妙排窠。一局硝烟少，交兵战事多。"中二联有气势，有气则有势，有识则有度，有情则有韵，有趣则有味，此律以气势胜。"输赢无计论，总在笑言过。"结句以理路胜者，声势必宏，襟怀开豁而志气充沛，伸楮落墨，声势自然雄伟也。是故无其气者无其势，无其势者无其诗。

岁景帝城苑，亘古续清嘉。层楼探柳浮日，尽在玉栏斜。举目难追昔景，歌舞红楼曾盛，老树别金鸦。巷燕旧衔梦，豪杰竟成奢。

访名利，牵富贵，拜高衙。春融白雪，都作尘土眼迷遮。留史贤臣辅佐，谁主沉浮日月，争忍赴苍华。倚畔铜牛在，尽数盛衰嗟。

——《水调歌头·颐园怀古》

这首怀古词取材颐和园，上片写昔日之景，说明建园时间和第一感观："岁景帝城苑，亘古续清嘉。层楼探柳浮日，尽在玉栏斜。""举目难追昔景，歌舞红楼曾盛，老树别金鸦。巷燕旧衔梦，豪杰竟成奢。"作者试想当年景象，以豪杰竟成奢概之。下片写感慨抒个人情致："留史贤臣辅佐，谁主沉浮日月，争忍赴苍华。倚畔铜牛在，尽数盛衰嗟。"真乃江风吹倒前朝树，富贵荣华无凭据，落花流水知何处。

诗词培养了一种创造性思维，给了我们一个发挥想象的空间，诗中描绘的各种形象大都见过，然后利用想象根据诗意把大脑中记忆的各种意象进行再造组合，从而在大脑中创造一个新的画面。这样不仅对诗意的理解更加深刻，也充分发挥了主导作用，发展了他们的创造性思维能力。诗词培养了想象力。诗具有简洁、抒情、篇幅短小而内容丰富的特点。在写作中，作者充分了解诗中意境，而诗句的言外之意，就要靠自己去补充和领悟，这就需要发挥想象力。

《若如初见》诗集中有绝句、律诗、词，还有60来首新诗，体裁丰富，充分展现了作者才华。通过自我学习加上创作实践受到美的熏陶，能把色彩美、画面美、意境美与艺术妙笔融为一体，发挥特殊的审美功能。"诗中有画""画中有诗""诗中有情""诗中有理"，既闪耀着美的光彩，又给人以深刻的启迪；既抓住"亦画、亦情、亦理"的特点，又使人思想情操得到陶冶和升华。李明军是中青年诗人，只要坚持写下去，坚持探求诗之道，其前途无可限量。

是为序。

2019 年 5 月 16 日

（包德珍，中华诗词论坛坛主、海南省诗词学会副会长中华诗词学会学研班、中华诗词论坛网络学院导师。）

目录|CONTENTS

第一辑 古典诗词

若如初见

第二辑　现代诗歌

若
如
初
见

第一辑

古典诗词

七十年国庆赞内子颂歌《我和我的祖国》

内子许丹心，无诗敬母吟。
平凡歌一曲，唱响最强音。

自问·其一

昨日吾魂死，今时悟自生。
道心修日月，万事一身轻。

自问·其三

登高秋野旷，山水自横琴。
缥缈多浮玉，襟生大道音。

七 夕

侍夜观牛女，深云隐鹊行。
料来天水远，不抵刻思量。

题图诗

春枝舞碧涛，晓雾湿红袍。
相看无人问，归来满露桃。

归乡偶题

十载不归乡，人来陌草长。
深村留树鸟，啼醒少时光。

秋　雨

鬓丝如雪落，秋雨袭心寒。
又见南归雁，空枝隐玉盘。

秋　雨

镜中摧鬓落，归雁寄天涯。
昨夜寒秋雨，阶前数叶花。

中　秋

劳燕朱亭落，枝花碧月波。
云房深几许，缱绻会姮娥。

芦 花

秋云随日下，堤陌满芦花。
不觉飞乌发，倏然已鬓华。

七 夕

素女纤纤手，花针捻线头。
不求多乞巧，苍首一鸾俦。

寒 食

荒丘介子魂，冷灶锁千门。
岁岁清明柳，条条悯圣恩。

春　雨

春雨润台亭，声声细细听。
檐前频燕语，一树柳条青。

古秦淮

月渡秦淮水，金陵十里纱。
依依流不尽，何处是津涯？

炎夏夜雨

蒸日轻衣厚，余风亦附炎。
忽闻雷辗暮，奋疾雨倾帘。

无　题

参商期会短，衡雁绝行踪。
暮送归家去，关山又几重。

立冬夜思

秋尽寒风至，徒生一夜凉。
空枝浮月影，不觉胜愁霜。

问　雪

寻花著未开，问雪约无来。
窗外还依看，唯霜有落台。

题图诗

日减秋凉又暮晖，心期远道感尘微。
浮云一别随风去，认取郎踪梦里归。

题图诗

（一）

拄杖登高托老身，因怀川外有亲人。
心期每望归程近，日没关山又一轮。

（二）

远上峰头此又攀，老身藜杖望儿还。
朝朝光景频相换，梦里音形未肯删。

题图诗

秋风执帚扫林衣，红叶无题妄入扉。
远陌荒台形见瘦，思君空逐一天晖。

题图诗

一曲清音出玉池，生缘多景触哀丝。
化身山水凭君度，半是修仙半是伊。

病中杂言

其　一

无寐深宵滴液频，眼前病榻不由身。
回头好笑操劳事，苦叹区区几两银。

其　二

彻夜难眠药未停，寒窗寥落两三星。
临床母惧儿烧重，时唤声声不得醒。

其　三

己亥中秋别样尝，消磨病榻度流光。
良宵本是团圆夜，不会婵娟药伴郎。

其　四

八月金风桂子香，病心听雨转秋凉。
嘉期冷落无人与，唤药陪君共一床。

自问·其二

屈指占星步斗坛，凡尘清露慰心丹。
何须山水都修遍，道酒常温悟自欢。

半山听雨

秋楼重上忆登寻，旧草无声自沈吟。
宅道含风关不住，半山听雨半山心。

教师节赞内子

数载春秋绽笔花，一身心血洒窗涯。
蹊边舍后观桃李，喜看枝香映彩霞。

台风过后杂吟

二毛触雨乱糟翁，疾耳惊雷染欲聋。
杂日情多回物暖，静观星露响秋虫。

月 夜

半轮清魄映孤床，迎面窗花俨自芳。
明月有情来眷顾，相思偏占整空房。

客 意

一缕轻烟识旧涯，几声犬吠戏童娃。
外乡怎比怀乡美，梦在方床不是家。

可 咏

喜迎红日普天朝，使命山肩勇敢挑。
党课堂堂千万诵，初心坚守上头条。

途次口占

站台来往客挥曦，感事从初自念师。
盘点京途函约近，车行电速觉嫌迟。

初秋游左右山庄沁芳亭偶得绝句

花映山庄草尚青，径传丝乐细寻听。
沁芳栏外深深立，恐扰闲翁曲未停。

左右生态谷许愿树有寄（借邻韵）

日减秋凉步苑池，身经枝叶感尘微。
自知缘浅难敲定，求得仙缘拜树衣。

海边行吟

心如大海撞诗涛，随上云鸥放眼翱。
归落平沙残日近，无休潮汐舞波刀。

观新中国成立 70 年国庆大阅兵

开屏只等阅兵潮，未饮香茶热血烧。
刷遍手机心亮处，篇篇鸿笔上头条。

登冰糖峪玻璃栈桥

云梯环上似盘绦，登望危峦抖道袍。
怀寄栈桥天路近，业身尘蜕列仙曹。

乡　思

客窗斜月向西移，一夜关风尽北吹。
旧雁新愁听不断，声声惊梦入乡思。

近清明缅怀凉山救火烈士

楮火寒春炽可温，护林卅子义长存。
清明笃向凉山泪，一纸诗文祭烈魂。

祭诗哭舅父

七关哭罢泪横流，多破红尘忆苦囚。
西上回云乘鹤去，他乡冥府遣君愁。

海　棠

散虑香园扑秀堆，一时心自远红埃。
海棠不管清宵短，随意春风浪漫开。

端午感怀

佳节适逢怜屈子，百舟竞渡祭英灵。
沅湘长曲千余载，亘古离骚涕佩铭。

梨　花

三月梨花次第开，千枝雨露雪皑皑。
香魂一缕春风落，片片君心寸寸灰。

杏　花

慵懒云襟拂醉枝，思君无尽月明时。
春宵一去香飞雪，烟雨红尘又恨谁。

咏长寿花

乍暖清寒百草茵，窗含秀影更传神。
经冬碎骨浑无语，独绽枝头一抹春。

立冬前后逢雪有感

飒飒西风落落红，冬来秋往太匆匆。
春花夏木迟迟去，一夜青丝变老翁。

漓江仙境

漓江叠影画中行，烟雨多娇不负卿。
绣女神姿玄妙境，玉宫仙子筑仙城。

古城咏怀

依山襟海古榆关，烽火城台号角潺。
驭马冲冠征战地，狼心野志冷红颜。

咏 怀

微月人凉照晚清，案台饮水落吹英。
多情何事逢多病，短令余觞了此生。

雪 行

漫舞随心注了生，前缘未解赴尘行。
西风吹尽无情意，也拟飞花斗木英。

观 海

卷舒陈事重提案，一浪翻平一浪追。
亘古流沙沉铁马，波涛不尽勒天涯。

秋 吟

别枝清月掠云房，短梦惊秋夜未央。
桂落空窗灯影瘦，一层花露一层凉。

登观湖阁

渐闻声处不知形，随径登临观景亭。
望尽溥沱东入海，苍茫草木任枯馨。

抒 怀

笔翰千年诵四瀛，为狂子墨暮朝争。
痴心不减吾心志，未负卿卿一片情。

女 思

初见当时已往时，身音尤在梦相迟。
无情最是楼前月，独照惊眠却不知。

雨 后

烟遮葱岭淡轻纱，恍入桃溪又菊家。
还作虚来真似境，倚旁新绿鸟啼丫。

秋 思

秋风飒飒夜茫茫，又上西楼月独徨。
日日思期归不得，遥怜君否念红裳。

七 夕

年年七夕赋骊歌，浅盏微回向素娥。
王母不知持别苦，牵牛乌鹊暖情多。

栀 花

丹青遗落掩红妆，醉向群华轻淡芳。
东帝不怜多不顾，转投青女借衣装。

都 京

府城烟雨云遮暮，一夜都京作水皋。
河伯应知人世难，何缘纵欲怒波涛。

言 世

言微世浅举移轻，莫向伶人巧色行。
自古英才多苦难，千朝笑对曙光明。

春 雪

梅雪飞春四野苍，银蛇走岭一山霜。
茫茫落尽东风度，白玉条条满院芳。

途 行

千行羁旅笑言谈，一卷诗词伴岭南。
多少俊才流谪地，含娇山水满天蓝。

游知鱼桥

游人几度不堪留，知己山扉百载秋。
鱼柳湖舟乌鹊绕，桥边陌上觅君侯。

游　蝶

清寒红瘦叶尤肥，秋见催颜又落晖。
游蝶不知春色尽，园田仍旧恋枝飞。

雨　夜

念念心期暮独行，经年细柳折离情。
寄思夜雨知人苦，滴滴离痕怨恨声。

春 花

野落初花染碧苍，倏然闯入放欣狂。
独忧过后东风尽，折得春枝陋室香。

寒 食

荒冢绵山祭介卿，条条翠柳拂清明。
千门烟锁君王令，为报当初割股情。

岛城途中

心向秦城一日游，千山回转送行舟。
穿梭隧宇星垂壁，并入参差步海流。

夜临帖见落花而作

窗案坛花又自开，时时挣脱扑身来。
千书难吐胸中志，一笔鸿心落墨台。

夜　读

夜阑伏案一灯知，窗柳翻篇数影垂。
天晓鸡鸣惊枕梦，常陪星月读书迟。

寒　梅

寒梅依雪弄轻柔，欲语低眉怯怯羞。
玉落千山皆白首，不过苍宇一回眸。

春 雪

雪落层楼一味凉，晚来小院向枝翔。
残冬过后无他志，也似春花满树芳。

杂感二首

（一）

常事辛酸力不遏，烟花淡尽月西斜。
自斟自饮还清遣，醉梦年年鬓角华。

（二）

醒时还是醉时身，总是新伤换旧人。
浮梦无常催病老，欢情只在一朝新。

游　园

一园春色诱人来，争向枝头次第开。
尤见多情迷粉蝶，花前戏逐歇苍台。

游常州南山竹海

苍翠南山涌竹峦，远传林鸟涧鸣欢。
可怜不是山居客，常日心依各自安。

缆车游南山竹海

一列天车下翠峦，穿梭碧海入回盘。
看来惊魄浑无定，又扣心弦架竹端。

太湖仙岛

玉帝回巡别道天，三山洞府可修禅。
古来神殿凡夫貌，忘是游人列小仙。

西　湖

远碧苏堤一镜开，亭洲倾缆向船台。
初初西子牵愁予，唯有凝情款款来。

夜行周庄

月昏花瘦起波枝，回巷牵舟眷客移。
夹岸桥头频顾叹，周庄最是耐人思。

过八仙洞

南天移柱耸层岩，又驶群峦过片帆。
何必灵山寻洞府，人间处处渡仙凡。

端午感怀

又至端阳读楚骚，赤心未悔叹湘皋。
可怜屈子空怀志，一怒沉江殒玉韬。

题图诗

暮霭烟涛一叶舟，橹声摇梦渚江秋。
红尘驰去沉空境，心向仙山下海洲。

夏日雨事

泪云空点续雷鸣，未见倾心掷地声。
几度花前虚作戏，知侬何故付多情。

午　觉

波炎涌袭续蒸催，伏午新眠梦入雷。
不觉摇风云骤起，清凉阵阵扑身来。

中　秋

每至中秋镇日思，忙排雁字寄浮词。
月圆无减年年似，只愿君心两不移。

感 怀

望尽星涯碧海昏，月涛无泊岁流奔。
平生空忆当年志，最是消磨白鬓吞。

红 豆

秋孕珍珠玉带连，蛮腰轻细掌中翩。
南枝犹恋堪红豆，不负须眉播璧田。

寒 露

鸣雁兼葭暮水苍，千山红叶胜春光。
彩毫谁染清秋早，露重寒轻正菊黄。

秋日登居庸关寄意

虎踞雄关一卧龙，抓牢葱岭数盘峰。
暮秋不减凌云志，吞吐红阳出穴胸。

进京培训高铁行至天津口占

站台白日渐西分，冬半尤寒暖暖曛。
车过津唐挥逝去，试将穿破岭头云。

小女病中

卧暮星移短梦眠，倚楼轮月渐西天。
病闲小女时哼呓，中夜熬心守榻前。

病 中

冬落空枝虑岁枯，暖楼花草喜人扶。
弱身不敌风寒重，饭后新添药一壶。

病中杂记

连日寻医问病身，奔星披月仆风尘。
眼前父母天天老，暖暖陪来不畏辛。

圆明园凤麟洲有寄

浮眼残垣杂草高，凤麟洲上侍成桃。
今碑屹立沧桑事，湖影新风盖旧涛。

扶贫记

端阳十里记扶贫，党策千家暖亦真。
风雨兼程无畏苦，红心片片满乡春。

无　题

伏雨敲窗弄夜弦，南园半落润花田。
自安镇日无人扰，偶有闲来玉蝶穿。

病日杂诗

人生一味药谙尝，被病根源半自伤。
来去万般都是苦，胸怀日月得心方。

夜读易安词口占

长心词境万般勾，月满骊歌缱绻舟。
字字情怀辉北斗，赌书弄盏附风流。

春 雨

无声入夜化清寒，万里牛毛度玉峦。
羽化何须桑梓地，红尘天上两相欢。

山居所感

院落吹香一径深，村间移步耐人寻。
初来莫论交情浅，知我山花诱客心。

鸣 剑

怀剑空弹自不平，琴心几许感才卿。
摧弦曲尽知音少，此后无人不再鸣。

尘 刹

尘刹是非非我意，黑冥如磬鉴铭堂。
生难死易何悲惧，只客孤魂在异乡。

流 水

素水出山东自去，清心过处本无争。
俗尘贪念沉持久，忘了初修在碧城。

无 题

一墙风雨深秋冷，红叶无心悄落桥。
恨不当初题满字，也流尘外觅渔樵。

而立之作

一意降尘风乱絮，淡随流水尚无归。
人生诘问无痕过，何作清高鉴是非。

习 律

近来尝习律，夜寐费神穷。
细读诗仙韵，研修杜圣工。
难成飘逸骨，却是绘雕虫。
千古文章在，吾行事倍躬。

游颐和园十二韵

瓮山湖泊地，御苑寿园开。

汲取江南秀，凝妆塞北魁。

翠烟耕织境，玉女箔牛来。

复阁参松立，长堤绕水裁。

环廊簇花馥，耸殿倚云皑。

画舫游人涌，亭台雨燕徊。

三山遗古迹，百木鉴荣哀。

碣石铭青册，空楼剩玉杯。

依稀桥巷上，不见帝君回。

暮色凭栏顾，残阳返彩灰。

追颜生白发，池镜暗移催。

伊始春朝至，临风拂碧埃。

题牡丹十二韵

瑶池母丹药，悯苦降灵坤。

武后诛花诏，焦枝傲骨尊。

时曾投野庙，几度入寒门。

灼夜才情在，英风浩气存。

传名芳谱史，行吟墨章论。

伏案评千卷，青灯费万翻。

常生廊院顾，珠珞玉心恩。

丽质留人步，幽馨住客魂。

群芳争上苑，惟自别宫园。

一纸皇书令，千株洛邑根。

丛间闻鸟语，月下踱黄昏。

绽露倾城色，枝枝向北原。

丙申除夕感怀

瑞雪迎除夕，烟花焕几波。

满城冬亦暖，万户日含和。

对酌三杯酒，高吟一曲歌。

遥怜丹桂里，远近独嫦娥。

无　题

昔景寒窗下，奔波各学涯。

朝朝千苦忆，脉脉一心知。

花有重开日，人无再少时。

残年挥似箭，志在勿行迟。

白帝城怀古八韵

闻蜀江夔险，山城白帝隅。
恨无身谛味，惟有赋长吁。
猿啸啼倾壁，船吟落短凫。
远峰遮宇路，近水湿襟肤。
香雾凝祠庙，明良照日珠。
横枝千竖曲，盘陌一荣枯。
黄叶随春逝，幡丝顿岁无。
臣心天地鉴，泥塑侍君孤。

建军九十周年阅兵有感

朱日和兵阅，雄师振亚欧。
黄沙征战处，车甲疾行头。
挥剑西夷出，安疆马革收。
铁蹄追圣武，强国肃边州。

国家行政学院纪检监察培训深夜有感而作

中夜仍传课，声声习例章。

国安廉治党，人过耻寻方。

款款留心驻，时时督案防。

言行常自律，切莫试身量。

近端午咏怀

晚日迎山远，风来入色身。

青肥遥玉岭，红瘦近心尘。

托志徒增岁，浮根又一春。

端阳尤忆子，楚雨最沾巾。

春 思

乘月游天碧，神龙驾梦中。

九仙春逸曲，一夜海疏风。

冰解红曦暖，枝繁蓓蕾隆。

杏开花阵首，燕剪柳城东。

自是吟长志，何须叹寸衷。

摇身成岳客，躇步向春宫。

远谷衔青草，凝眸倚玉栊。

信传玄燕醒，声迹雪鸿融。

举目层山远，遥心旭日终。

高崖攀险耸，常景买忧忡。

策马行青嶂，披风落玉弓。

去心三昧道，回首一时同。

昨夜梨花雨，新添白发翁。

朝华常虑逝，满地落千红。

步韵恩师包德珍先生得琴字有寄

自喻清琴客，无弦吊夜磨。

鸣林浮日暮，唱月抚山窠。

绿绮疏音少，红尘杂味多。

时时空浩叹，潮涌大江过。

步韵恩师包德珍先生得棋字

楚汉戈城驻，敲棋细复磨。

盘中高布策，营角妙排窠。

一局硝烟少，交兵战事多。

输赢无计论，总在笑言过。

步韵恩师包德珍先生冬夜学书

枯毫抛掷久，传笔梦中磨。

薄夜耕书案，平笺布擘窠。

横姿余韵少，醉墨费心多。

未觉冬时晚，灯窗落月过。

步韵恩师包德珍先生自画感吟

平生空自画，闲度半销磨。

孤影眠花月，常家卧草窠。

行吟忧世浅，离落感时多。

知是红尘客，匆匆不得过。

步韵恩师包德珍先生学诗戊戌年有寄

念念师传业，常年瘦月磨。
晨来敲律韵，暮向问心窠。
窗课何其细，诗衣却不多。
弟恒承钵愿，莫负白驹过。

步韵恩师包德珍先生饮酒

浊闲清逸致，凡境是非磨。
释酌怀壶物，牵吟钓月窠。
故交千盏少，离散一杯多。
能饮真狂药，浮生也醉过。

步韵恩师包德珍先生咏梅

清寒吟雪骨，亘古费评磨。
调笛成新曲，浮香出旧窠。
心存丹志远，身寄紫岩多。
惹得来骚客，时时记问过。

步韵恩师包德珍先生饮茶

细叶新微翠，空灵日夜磨。
香魂淋沸火，风俗出村窠。
材性三春半，禅茶一味多。
焚烟尘忘却，能解悦神过。

早秋题左右生态谷

入眼山庄秀，堆花远跃金。
红亭行墨客，碧水映禅心。
沸日林间没，鸣虫岭上吟。
知归清暑处，凉景误秋深。

秋来左右生态谷行吟

寻秋游左右，知客喜新凉。
行谷飘仙果，乘云入道乡。
白龙升宇曲，碧水抖桥长。
频眼回身去，贪心恋野香。

观　海

望尽虚无海际茫，忽来仙渡破涛浪。
乘风习习飘舟叶，吹雨微微舞羽裳。
波涌红尘经坎坷，沙埋青戟掩悲沧。
古今多少悠悠事，一片晨曦照盛亡。

山水桂林

岭南风古意悠悠，千里魂牵下桂州。
石美洞奇玄幻境，水清江静竹儿舟。
群峰玉影盘堤绕，一画仙诗入梦游。
多少俊才流谪处，疾书奋笔墨章留。

雪登南山博物馆咏怀

一夜梨花万树开，沉香玉陨落苍台。
滔滔白浪迎山去，片片银鳞入眼来。
步履朱亭风瑟瑟，红尘紫陌雪皑皑。
浮生短影身飘絮，望断天涯不可回。

中　秋

良辰胜景醉轻妍，多有痴人亘古延。
梁祝蝶衣双魄舞，羿娥蟾月一情牵。
常怀昔者成佳话，永记初心结玉娟。
又到中秋盈碧海，天涯无处不团圆。

一月廿一日夜雪感怀

飞雪惊春绽玉英，窗寒叠影夜倾城。
参差灯火偎人暖，坎坷星河转像荣。
出路茫茫归草芥，回眸历历向诗情。
青山不改浮生志，中有元灵化赤诚。

岁末感怀

街衔灯火岁时迁，爆竹声喧又一年。
寥落星河沉浩宇，回追晴日戏飞鸢。
凝思宵梦猿心动，添怅寒鸦绕木旋。
清泪茫茫空寄月，天涯离绪志尤坚。

小年祭灶王

腊雪层楼又小年，家家来祭灶王仙。
案台未有多清水，锅底虚无寡纸钱。
此去金銮陈奏事，勿言玉帝怒鸿天。
念时情薄丁香悔，不忘当初结善缘。

李大钊纪念馆

追怀先烈入钊园，八柱功前世倍尊。
妙手著文歌正气，铁肩担道励来昆。
碑林尚记生民志，狱笔长书义士魂。
踌足恋池多菡萏，红心一片浩乾坤。

纪念七七事变

警鸣七七忆卢沟，银幕当年尽在眸。
厮血硝烟平日寇，寸桥疆土勿亡囚。
而今点检行军处，追古牢思赴国筹。
愿是石狮声怒吼，山河回荡振华州。

闺　怨

俗事随人未尽头，独披烟雨倚闺楼。
凝山雾锁频东眺，逝水魂牵不北流。
终日相思终日怨，一城追忆一城愁。
黄昏朝露年年似，无意寻春又问秋。

咏二代核心系统切换演练

不见硝烟不动戈，步兵参演亦繁多。
常谋二代迟回缓，为解新题细复磨。
系统指挥凭干将，尽心操控胜萧何。
燕山农信传佳讯，盛誉神州续凯歌。

公祭日有感

八十年来故历翻，南京城破漫天昏。
当怀烈士衔前耻，勿忘亡灵抱旧冤。
白骨凝归铭血壁，青山默立悼陵园。
诗文未罢先成泪，月祭清辉卅万魂。

步韵李文朝将军《戊戌咏春》

更夜烟花焕迩身，遥随碧海问蟾轮。

鸿天迎吠歌昌世，玉韵牵吟识俊人。

梅吐时寒催朔日，柳思初暖续轻春。

院中老树寻常物，却见枝芽绿意新。

步韵唐寅《落花诗》十二首

（一）

乱红自扫减流春，扑地飞身忘苦贫。

待日拥蜂花可朵，经年饱雨果成仁。

多情生绿尤深感，空怨凝思煞费神。

无奈风华终散去，而今也学惜香人。

（二）

庭前花月闭沉悠，来去春声入境头。
堆砌残香随日落，浮云玉岭赶荒流。
俗尘迷眼成泥絮，晓梦经身作饵钩。
叵奈薄情君似我，无端浊世觅闲愁。

（三）

残春浮落在须臾，去日繁花入眼无。
处处含香愁染紫，依依凝蕊韵施朱。
静观时景千般意，闲卧迟阳一散夫。
俯仰红尘名与利，不沾片叶得清枯。

（四）

风扫更深又雨时，平明红瘦做心儿。

向人余蕊生怜爱，去日迷花惹顾私。

意欲光阴随一转，尘怀恩泽布回施。

浮华空眼天涯客，岁到秋霜上鬓丝。

（五）

庭叶疏疏四月中，更阑梦浅独听风。

翻披诗困闲焦墨，细点窗寒续断红。

一枕星涯随志满，半生尘海转身空。

古来骚客应无样，自是多愁水逐东。

（六）

欲登云屐出迷真，也学游仙自得神。
玉宇狂歌闲半日，江河痛饮醉千春。
满天碧海浮诗梦，一镜斑星入鬓尘。
眼底繁华空落尽，苍生修遍作凡人。

（七）

月轮西转已参横，俗事萦怀浅觉轻。
半岭云心难骋志，一篱花老不知名。
寻春诗赋藏文冢，迷梦槐根赴蚁城。
红日剖开鱼肚白，山川生暖得晖盈。

（八）

南山亭畔敛空晴，半树香残薄草生。
雨燕无心平水绕，风鸢有志上云行。
峰罍成酿沽春酒，天盏随听恰晓莺。
沉醉归迟阳节短，回年花暖又浮明。

（九）

中天空转暗星阑，独立清宵隐玉团。
痴雨梧桐尤叹怅，吟窗灯火正愁漫。
寻诗笔下添新绪，留梦花间问旧欢。
一枕浮凉终落尽，识真风月得清安。

（十）

画帘秋夕几枝空，楼外清寒岁又同。

绕砌蛩鸣孤照月，沉墙花泣独眠风。

眼迷时景千回碧，身醉春光百度红。

寸步尘心从落定，浮华易老尽虚中。

（十一）

花退三秋叶欲悁，霜林点染万红添。

寒鸿远暮留烟影，暖日平山扑眼帘。

岁转不知催病老，月移又见慰风恬。

初来识看还归径，别样关情枉自拈。

（十二）

朝露初芽尚有规，桃花三月闹春时。

红袍青袂临仙立，日暖风微虑客迟。

一迹车尘随落尽，半坡光景慢倾垂。

扶枝相看君情薄，未得来年寄与谁。

新中国七十周年感怀

菊天国庆焕红旗，藻绘中华破浪儿。

烈士腾生讴盛世，壮心崇替谱新词。

综文业建千伦序，寰宇鸿裁万道基。

情涌笔端凝可叹，寸怀吐曜采酣诗。

戊戌中秋咏怀

羿承天帝令，下界十阳巡。

九射平顽日，淤伤帝俊亲。

虽功多不悦，后谪降凡民。

帝女牵冤累，随夫落露尘。

常时悲复叹，哭闹苦怜贫。

不及仙庭乐，逍遥自在神。

责夫苍赤益，获罪远天臣。

逐日增无减，感情始裂埂。

羿游天地阔，宓遇洛河滨。

倦客天涯暖，相生爱意频。

嫦娥知且恕，生死有凡人。

愿得长生药，瑶池阿母询。

昆仑高万里，巍耸入云巾。

四面炎山裂，翻沉弱水循。

穴门蹲虎兽，青鸟引哀呻。

王母尤深动，痴情不畏辛。
果熟灵药树，需经九千春。
一颗成仙去，平分不死身。
吾存余一粒，好自速收珍。
辞拜思家返，原由细诉陈。
一人飞镜宇，梦里作仙邻。
不忍抛夫念，缘分永隔姻。
南天逢旧识，羞予道原因。
回转寒宫境，荒凉悔意真。
终年无所有，桂兔伴移辰。
向月遥难见，时明备思淳。
举杯吟碧海，云破涌冰轮。
香冷今谁顾，相持守寸旬。
年年秋夕下，共度有情人。
忍得婵娟夜，可怜万鬼神。

伤 春

雪寒残未减，岁落调清商。

日气微风暖，芸生敛朔光。

朝朝催发颖，枝叶点浮苍。

回顾花含蕾，青空溢寸肠。

鸭游贪戏水，玄燕宿檐堂。

犹爱芳菲近，迟迟草木行。

晨登还暮始，触目感流方。

远岭层林密，临云泻玉浆。

夕沉归陋舍，荆室枕黄粱。

抚镜朱颜瘦，尘俗不胜觞。

春来愁未断，短梦夜魂长。

辗转浑无寐，闲窗落月茫。

咏　梅

寒来迎雪骨，亘古费评人。

莫叹千枝弱，回眸自有神。

浮生多苦渡，天地一朝伸。

莫奏梅花曲，悲伤不足论。

声声孺子志，糜糜遂时新。

安似君心尔，仙姿绝逸尘。

遥遥风不定，枝叶甚怜亲。

四顾茫无助，飘然孑自身。

幽林山鹤伴，万物玉清真。

闲里听花落，悠然梦赋春。

时来闻鸟近，常有月相邻。

奴欲平生愿，何分贵与贫。

世间多媚骨，登拜富门频。

不晓良家子，贪名少谏臣。

心寒天下士，何以慕攀鳞。

杳杳桃花畔，依依避远秦。

落英随水逐，开度有良辰。

云卷平舒易，朝晖远厄陈。

浩然天地气，晨露隐岩滨。

惹得来骚客，时时往问津。

高阳台·西柏坡寄怀

（步包德珍老师高阳台韵）

望去烟波，层林暖翠，潍沱远涉征尘。碑指遥天，豪将志举凌云。旗前花献高歌续，柏坡情，正咏红痕。起胸间，拳握山河，永誓鸿纷。　　嘶风铁马兵行处，数峥嵘岁月，血雨埃昏。转战连烽，挥戈北定邦人。中原伐叛施谋略，斩龙蛇，剑动三军。换新时，式树丰碑，不老恒春。

蝶恋花

点检平生成画片。偏月成圆，绕屋空空转。将取欢期多易散，离心处处愁无限。　　院里梧桐相对面。独约春来，知是情缘浅。人在天涯终不见，经由冷暖思量遍。

蝶恋花

彻夜烟花经焕久。又到元宵，灯月年依旧。把盏欢期须纵酒，寻春待展空言瘦。　　侍晓散行唯看柳。舞动条条，不见含苞有。朝雨新凉风满袖，东君何事频频后。

蝶恋花

拟是花期天又雪。不问人愁，乱向心倾折。空绕层楼凝欲歇，穿游树木春魂结。　　风里更阑闲片月。也作诗狂，遥念还含咽。千里无凭难细说，情深休道轻离别。

蝶恋花

　　步砌草闲寒向曙。满目愁城，俗事梳无绪。瘦柳风微裁暖雾，枝间燕子频来去。　　又是佳期难备缕。历历前盟，争忍重回路。春酒浇身谁共语，临风独倚凝眸处。

蝶恋花

　　日日含和冰解尽。燕剪梢头，萦绕消春困。俗事袭来衔破恨，念知拥暖千枝粉。　　柳吐清明寒食近。回雪凝身，又误东风信。小院乱条青若隐，无端白絮添斑鬓。

采桑子·问雪

道时轻别枝头下，落尽情乡。 凭月当窗，应是天涯共玉光。
红尘今又聊萧落，不问人凉。 繁念苍苍，任舞飘翩本命狂。

减字木兰花·冬至

天遥空寄，一念夜长频破睡。 偏月西移，勾见情深初浅持。
院梧沉翠，落尽平常心底事。 追赋新词，字字随君引月涯。

点绛唇·中秋

玉露生寒，冷香皓魄清秋节。亘年潺月，聚散如圆缺。
泪锁云帏，空叹今无绝。迎初别。人间蟾阙，千里情思切。

青玉案·立冬归思

一钩新月随人缺，更生得、寒如铁。玉影梧桐空绻结。长思来续，穿窗飞雪，片片迎初别。　　梦回无语更阑灭，前度持离为卿热。一缕香魂难解阅。轻舒眉寸，又添凄屑，辗转归心切。

一剪梅·秋思

清梦空回缱绻舟。月度初凉，心锁层楼。只身漂客走他乡，别雁惊枝，无语长筹。　　却向青冥展翅鸥。一望平峦，翻击洋流。黄昏偏又独煎愁，无意风花，叶落知秋。

玉蝴蝶（慢调）·秋思

荏苒去年今日，与君初遇，今又来辞。孤院蝉鸣，沉寂别雁空枝。月清秋，波心玉照，谙缱忆，西落窗时。袅烟炊，鸭游低草，河里鱼追。　　来思，遥遥雁寄，天高途远，怆虑长离。念念期年，两三笺素少人知。枕书尽，深山夕照。短梦起，杯盏如斯。在天涯，暖心来织，云雨倾迟。

雨霖铃·别离

潺潺凝雨。向寒秋意，叶叶吹去。依稀梦里伤别，堪花落尽，心如飞絮。念念红裳一醉，化青鸟谙许。自别后、心上眉头，不胜清寒月明处。　　多情早被初秋虏，忆君思、绊惹人生虑。弯枝落落无据，愁万绪、更无心谱。月倚雕栏，谁懂、相思意寄凄苦。锦瑟抚、笺咏千言，独自真心吐。

满庭芳·悼汶川

　　冷雨敲窗，残云凝暮，触眸南国凄凉。断垣颓瓦，斜月照孤孀。堪忍依稀别怅。几处处、肠断声苍。残星落，重回旧梦，又上奈何行。　　悲殇，何以恸，山河喑喑，举国同丧。隔江叹灾情，老幼飘亡。何以悲歌一泣，笛声切、万烛生光。多寒幕，心悲神怆，仓卒骨离殃。

诉衷情·七夕（变体）

　　缱绻红笺堪欲寄，意迟迟。多少次，遥自，鹊桥离。魂断月人归，正秋时。病醉间，音翰追，玉卿知不知。

清平乐·七夕

云间海角，轮月经漂泊。遥寄思魂牛女落，却是鹊桥夙诺。

追前丛里寻花，春来空暖篱笆。咫尺一秋河汉，而今又自天涯。

水调歌头·颐园怀古

岁景帝城苑，亘古续清嘉。层楼探柳浮日，尽在玉栏斜。举目难追昔景，歌舞红楼曾盛，老树别金鸦。巷燕旧衔梦，豪杰竟成奢。　访名利，牵富贵，拜高衙。春融白雪，都作尘土眼迷遮。留史贤臣辅佐，谁主沉浮日月，争忍赴苍华。倚畔铜牛在，尽数盛衰嗟。

行香子·桃花

　　林陌芳尘，仙里桃春。露红袍、已醉三分。烟波微步，风袂遨神。叹景中花，花中梦，梦中身。　　朝生心语，念念归亲。落花暮、弃我谁真。思无寻处，相诉无人。但牵浮沉，游浮世，向浮云。

踏莎行·山海关咏怀

　　层壁垂阳，故城游宴，西风残照衔持面。画时斜柳近高楼，马嘶秋角凭空转。　　愁垒登临，寒鸿望断，烟沉苍海天涯远。关山寄味问多情，算来浮世思量遍。

浣溪沙·临近中秋

事散繁华当眼流，朝霜凝鬓暮成秋。菊黄又染故山州。
空自重栏温旧梦，复身回径动闲愁。玉钩独照近层楼。

采桑子（添字）·中秋月

梧桐玉影回香冷，自绕台池。自绕台池，说不相思，随月又天西。　　灯花落尽新愁续，衡雁难追。衡雁难追，秋魄心涯，最怕照空帏。

采桑子·秋思

清宵风露繁花去，都绕心飞。独立残枝，冷暖思量不自知。

天涯离绪芳菲歇，提月无归。暗忆欢期，一夜秋声听雨时。

第二辑

现代诗歌

烟花三月

不是说是旖旎的风光吗
还是说轻佻的霓裳
不要说已陶醉的情怀误了时光

不是那柳岸残月
不是那江枫渔火
不是那瘦马夕阳

单许那短笛声声一曲终断
再和吟一阕纳兰新词
可怜是烟花已不再是三月

若此时
纵有良辰美景万种风情
许我沉醉
就让海潮抚平岁月的沧桑
留下的是人生是非浮沉

七 夕

静静的
是这夜色的沉望
挥洒着满是无计的斑斓
须臾浮现的琼楼宫阙般影像

说是遗忘
却深葬绵长不尽的情怨
纵然掠取薄情的西风
来吹灭心香的火焰
燃烧的
却是
长生殿上难成灰烬的誓言

于是
划清一条长长的直线说是分别
从此鹊桥两岸
一个织女
一个牛郎

梨花雨

在四月二十二日那天

整个午后下了一场

梨花雨

不知是谁家女子

舞碎了洁白的纱巾

片片陶醉在风中独舞

只隔了一夜

就零落一地

花骸中弥漫清香

朵朵都凝聚着对前生的祈盼

只是因你

在这个短暂而又充满生机的春天

误了今生

而你

却最终无视走过

可是　一直念念不忘的
在那个时刻
同一地点出现的影像

生活呀
不过是一场又一场的梦境
梦中很美　很轻　很静

三月自白

总是期望多么美丽的时刻
去欣赏一颗心的醉舞
需要一段小小的章节
许我如痴如醉的独白

那是你我怎样的邂逅
却辜负了金柳夕阳的美景
那条飘满枫叶染红的小路
还留下你的身影
而现在却只有我一人徘徊

脚下的枯叶在沙沙作响
似在踩碎着我的心儿
你可知道这痛楚的滋味
而我依然等待着
等待你的到来

翘首那些如花美好的日子
赤脚走在那细软的沙滩上
背起我的小小新娘
追逐每一朵浪花

断桥上享受海风暖流
面朝大海呼喊那亲切而又熟悉的名字
一遍又一遍地呼喊
爱你
直到你感动得模糊了双眸

许我摘下那朵神圣的玫瑰
只需一支就能够
许我拜在石榴裙下
只需一次就能够

不是一时血液的涌动
那是我爱你的心声

再也承受不住这三月的倾斜
请我的爱人一一细听

请扶住这醉人的三月
不要错过春暖花开
尘封的冰河已经融化
你看见了吗
山上开满了桃花

错 过

只是梦　也只能是梦
远远地
你的微笑很妙

将我的魂魄都打散了
你隐藏得真好
一切都不动声色
把我整个心儿拽去

在你一旁
贴得很近
月色的光泽
映出你的秀气

我的呼吸急促
难以掩饰的是我浓浓的爱意
你安静沉默地注视着
难以释怀的是你绿色的晶体

错过的
不是春花三月的季节
而是花开时的颜色

错 觉

当你走过
熟悉的花粉香味弥漫
飘散在空气中

那些
醉了的时光
舞碎了的叶子
麻木而彷徨的日子
如树的年轮年复一年

一曲茫然而透着戚清的咏叹调
你熟视无恐地面对
这一切太淡然了
是这么顺理成章
因为这是命运的安排

在你生命的列车上
而我是那两条轨道
顺着你的生命线　前行

守 候

佛言
前世五百次的回眸
换来今生的擦肩而过

于是　在前世
我无数次地回眸
祈祷与你
不要在来生错过

日落星现　春去秋来
风沙吹散残红
中间多少柔情离散
懈怠了月下花前
弄乱的丝弦
望断飞雁

今生的你呀
终是不曾相见

转眼又见飘叶在身后无声落下

无缘的我呀　总在错过

如彼岸之花

不是在盛开的季节

便是来得太迟

若如初见

爱如枫叶

枫叶如爱情
阳光下火一样燃烧
在暖风的怀中
醉舞整个午后的爱慕

如流云贴向湖心的倾斜
回荡着秋千般意绪
左右不定

仿佛在渡口栈桥
澎湃如人生潮起的浪花
缱绻红尘泡沫
散有浓郁的煮酒味

容我半痴半醉
爱在枫叶
像涂抹了胭脂的佳人会心微笑
伴随秋风飘香
让人沉醉在红豆一样的相思里
只为今生不问来世

尘 缘

你若是

崖间那一株黛草

我愿做那冥石

生在你一旁

许我静默地陪伴

度一段沁心幽怨的时光

就让雾潮湿的氤氲

朦胧我们相顾时的无言

就让水晶的露珠

从容地在你轻柔的臂上滑下

每一滴都慎重地慎重地渗透

我枯涩的心田

就让风的飘逸

搀扶已落定的尘埃

就让心潮的浪花

再次击打沉睡的梦幻

纵然你不曾言语

我不曾海誓

纵然你有你的

我有我的方向

可是我依然紧靠

不曾偏离你的航线

祈祷中等待

幽清又彷徨

秋 意

醉在深秋

思念葬在落叶下

悼念飘落一地的情事

而不能释怀

只因你　衣带渐宽

夺去昨朝多情的风韵

怕再相见

不顾一切　不顾一切地

乔装昔时的容颜

掩饰岁月已老去的青春

和日渐凋落的心境

不能相见

不再期待不期而遇的邂逅

而就在转身同时

多少春秋

已随流水远去

邂　逅

道别一声　珍重

期待着与你　再见

只为前世

萍水不结的花蕾

池中的你呀贴得很近

你却远远地挂在天上

隔山思念的长河抽刀不断

理不清方日久久不解的情事

昨夜　秋雨声声

丁香树上

结满了颗颗相思果

少女的你呀

会藏在荷叶下偷窥

从未离开

无 题

我说月亮

你把醉人的光辉藏在河里吧

却随流水走远了

剩下碎了一池的缱绻的记忆

我说花儿

你把娇艳的容颜开满整个春天吧

又被春风吹散在空中

舞落一地残香

成了我梦幻的眷顾

我说爱人

你的心应属于我吧

爱人只是回眸一笑

把我整个心都拽去了

丢下我在微末的风里

念 珠

确切地说　我

不是一名专业的庵者

却和庵者一样姿态

拨动念珠祈祷

已渐泯灭的良知

我曾

对无辜死于非命的蚂蚁深感不安

对眼前落红无声落下

飘零身世倍感惋惜

为了掩饰自己的无知

披上袈裟逃避世俗的现实

于是　佛

被我的虔诚所困惑

万物的枯败

生灵的涂炭

这都不是你的过失

而是自然生命的轮回

不要因一时的不惑而感不安

去掩饰身经一切

也不要试图改变你周围的事物

要以自然的心态珍视生命

四月情愫

让我与你相伴
可是我的心情
如这醉红的枫叶
随风散落一石的斑驳

可是你温润如玉
在倾诉爱人的心语
像是雨季带来凉爽的惬意

只是我的外壳太过坚硬
让流光磨去了太多的棱角

山花依旧
在突起的河石上
曾留下我们孩提时欢娱的画影

四月风清
梨花的香气飘漫

此时石面上长满了绿色的青苔

我在举眉深思

而你在绿荫深处

传来笑语

红 颜

谁把那古琴轻抚

那琴声

惊醒了四面的风

惊动了岩下的清波

那女子　那曲子

可是当年的《玉树后庭花》

可惜

此般景致已不是当年

争得落雁羞花容貌

就像化尘随风东流水一样

只见一窗明月还似当年初照

几多绿林枭雄

难却蝶舞青衣

连年塞角烽烟

又添胡伽新曲

问取长矛对酒当歌

秦书汉赋

又成琵琶曲调

浮沉多少才子佳人

举樽问青天

一杯还无味

叹英雄无泪人生如梦

二月情愫

二月尾声将近

不解风情地揭开白色的面纱

不是画家

以一手妙笔丹青赋予生命的颜色

谁触动了心弦

在私语　静听风的声音

看那是谁家的少女

目含秋波两腮红润

似是含苞待放的花骨朵

你的脚步太轻盈

怕惊起的尘埃

玷污这一世的清白

正如你的心　那样纯情

只是

我只能这样

用这颗热爱的心　去看待

我　只是个路人

而你却是这样多情

若如初见

融 雪

为何我
变得焦躁不安
是你走得突然
空气中夹杂尘土呛人的气味

你以金属的温度
含如三月春花的情愫
总是来不及　怕寻不到
你时时都在期盼
期盼那个时刻那个浪子

被冰封千年
在你身体留下的痕迹
就是那么轻轻一挥
你的晶莹
在我手中化成泪水

漂　泊

就如这季节开始漂泊
直至最后一片叶子飘落
寻着你的足迹

总是来不及
看不清你的颜色
在白茫的天空　垂落
一粒种子正在预谋生机
躲在角落一如春色

在挣扎
露水像在哭诉
渴望有这么一个邂逅
黄昏后
不要如期的约定
只许我与你
整个午后的厮守
直至日落星现

守候一份

天真的浪漫

像那火一样季节染红的棉槐叶子

直至凋落

玻 璃

以清晰的外表
辨别事物的轮廓
以宽阔的胸襟
包罗世间万象

虽然
你装饰了整间屋子
显得格外敞亮
却不能装饰我的整个心房

隧　洞

是丽人的眸子那样黝黑

深情的一汪秋水

诱惑像无底的深渊

墙壁反射的光芒

无非衬托一片光明者的自言

那是一首怎样的告白

欲把黑暗写成黎明

任双手抚摸岩石

潮湿冰冷和刺骨

魔鬼似在身旁冷战

心在无声地颤抖

那会是怎样的结局

是一曲凄美的调子谱成离歌

谁把那碎心拼接

那血淋的模糊的视线

不是画家

却在描写绚丽的色彩

树叶在秋风中摇曳

暮色的光线忽暗

橘黄的云彩画在天边

车笛声在隧洞回荡

水纹一样涟漪不断

道旁一丛丹色牡丹

一只蜜蜂装扮窃贼

在偷吃着花蜜

花瓣吹散在草丛里

此时昆虫会趴在上面

甜蜜恋人一样奏着爱曲

车的轮胎也忙着与沥青

吱——吱——

奏响一曲优美的交响乐章

一辆的士停在身旁

临道小院有只黑贝在狂吠

小孩醒了在啼哭——

二月十四之后西湖怀旧

一脉细腻的愁眸
昨宵梦远的凝思
一回无语的沉沉
些许忧往的尘烟

怀念那　西湖的三月
那古老的　金山寺
那断桥之上
伞下那牧童那女子
是否依在

百眸中在期待
千年的等候
难忘
在那风起的日子
告慰　一颗心的守候

遇 见

初初相遇
在这飞花的季节
不见碧玉如茵
却见孤叶飘零

不是满城的斑驳
清淡青春等待的热情
不是崖边那片酒醉的红叶
点燃心香的火焰
不是岁月的流光
冲断季节的遗忘与追念

诸多的
萍水相逢还是要频频回首
让那些不可言知的　神话
如昨天的青稞草变了金黄

唯有那些寂寞中的等候
不再是下起扰人的蒙蒙细雨
而是飘起轻灵的雪白的花

无 题

我不愿　是天边的那片云儿

做着无畏的漂泊

也不愿　随和风的样子

乔装不一的容颜

偶尔　也作弥留

也只是短暂地速写

弄不清几时归航的游客

可惜呀

我也不是那云雾中的仙鹤

性灵　自由

六月六日夜

也许就是
这么冷清才可以听清彼此的心声
也许就是
这样一切都在心灵的迷途彷徨

也许需要
一次可心的感触来倾诉
也许需要
一盏明灯
驱除心灵深处的阴霾
让那些随着逝去的飘然而落的沉浮静谧

也许终究
这样静默着深沉
也许要
试着去呼吸一朵花儿的清香
轻抚一曲缠绵的调子
去迎合一首凄清的小诗

假如我失去三天光明

假如我失去三天光明

在我失去光明的第一天

毋庸置疑地

偎依在我的书架旁

抚摸曾未翻阅的厚厚的书籍

当夜幕降临

不再目盲掩饰

在我心田点燃一盏心灯

假如我失去三天光明

在我失去光明的第二天

在晨曦冉冉时

将会收到友人长长的书信

我会用这盏心灯照亮

人生

是非曲直

苦辣辛酸

假如我失去三天光明

在我失去光明的第三天

牵着我可爱的蝴蝶犬

在幽谷阡陌蹀躞

呼吸每一朵花儿甜美的馨香

彳亍在细软的沙滩

聆听潮水弄浪的音韵

感受自然给予的幸福

回 眸

是尘沙遮了暮霞

是泪水模糊双眸

是那尘沙

是那饱含新泪

抚摸那凉沁心骨的栏杆

那泛着韵律的清水逼近眼帘

一个人寂寥

却不是孤独

你依立身旁

却在偷视白云

多少次

多少回

偶尔相遇

两颊泛起的娇羞

似四五月间红透的樱桃

会痛的肋骨

季冬留下的残叶
零落一地
路旁垂下的丝绦
初露新芽
院中一树梅花
醉露容颜

在这四月的风情
牵起红尘的温柔
那熟悉的似在眼前
却怠慢三生的等候

可是那放飞的纸鸢
盼别流光的痕迹
在风中荡起的秋千上
仿佛还能听见朗朗笑语

如今的满目情怀

却不如这风中的一叶

纵然注定飘零却不忍离别

渐渐模糊的影像

不是你我相顾时的无言

而是多年以后

这根会痛的肋骨

是否

仍然在这熟悉的渡口

而那条兰舟是否依在

小诗三首

（一）另一面

风

吹了三千年

又遇见了石说

怎不见你流过泪

石答说

你看这裂痕

泪早化了沙

（二）叶

季节染墨不同的颜色

其短暂的一生

经历了繁盛到枯空

（三）沙

虽然
风吹干我的躯壳
作出散状
内心却依然湿润

断 望

谁在谱写凄清的调子

渲染冬的颜色

留心时

你身落脚下

曾几时

你身逢左右

却不知怎样把握

血液在身体里流窜

捕捉你残留的余香

无声的痛楚埋落心间

像这季节

无情的断望

恋　爱

是黑夜宁静中飘来的问候
来麻醉我昨朝迷惑的烦忧吧
请不要如七八岁孩提一般
一一计较荣辱与得失

不要像微弱的烛光一样
有着太息般的眼光
一味地迟疑与错过

不要矜持的守候
在某个相思的夜晚点亮整个通宵
来迎解一再而再的苦忧

不要独自贪婪那泰坦尼克式凄美的道白：
我爱你　一生一世
来善待而感欣慰

也不要因一时的困惑

去刻意地躲避你周围的事物无视走过

也就在你无意或有意间

在你身后落了一地的

不仅仅是飘零

心上的长廊

自从
温馨的春风吹绿润润的河床
七彩的天空　不再
苦涩忧伤

自从
妩媚的紫罗兰沁透娇美的容光
凝眸的露珠　不再
轻泛凄凉

自从
低蕴的野蔷薇爬上高高的围墙
岁月的流光　不再
漫长流浪

自从
芳馥的丁香沁透可人的幽怨

低语的雨燕　不再
依墙悠长

自从
翩翩迟来的玉蝶带来五月的幽香
汲取那蜜甜蜜甜的优美的忧伤

自从
初笄少女低回在月下悠长小巷
闯进我心上悠悠的长廊

心有余香

莞尔间一回眸温柔

满是无奈的缘由

幽幽

心有余香

含情深浓

最是那一丝微笑

疑云种种千重

偶 成

匆匆又过几多悲伤感叹
曾误了几时华年秋暮

叶儿　随风舞残阳
梦儿　却断在鹊桥上
难道是雾　锁住了迷茫

迎来心伤　换取多少愁肠
秋情诉来　谁遗落斑斑
那秋千上多情少女

可听见
皓腕轻抚一曲清歌
是谁唱响　离愁别绪

日　思

日日思来
那夜夜念心谁系

心澜波上娆影如目
东风拂柳眼前飘然桃花
当年是谁亲手栽种

千波一心飞过
何来识我一腔心语
只叹那些
柳絮飞桃花散去
都是片片离情

若
如
初
见

白　发

剪刀如同我　不能容忍
几根白发　留在掌中
生命的痕迹
从黑到白直到无声无息
无法想象和丈量

生活是一名著名的编剧和导演
注明了位置和细节
就像说过的话
如叶子和花朵随着春来冬去

却不懂白天还是黑夜
仍旧那样平淡自然度过
与那些生死誓言相比
如云遇到气流盘旋不定

是昙花一现
总比飘渺虚无的好
好在秋日摘下的蜜桃
从来不忘他的味道

年轻的心
——给一位友人

此刻才能了解

曾经的一切

多情的眼睛

为何在我面前扑簌

稚弱的心

还未赤裸

却去偷吃那禁果

放纵自己去堕落

不该蹚的河

还要去蹚

黎明刚刚跃起

为何还像黄昏那样堕落

唉　年轻的心

坠入情感的漩涡

清秀的眉自此紧锁

不知道是对是错

多雨的季节

雨天里注定必是深沉
深沉中注定不欢的阴郁
阴郁中注定这个多雨的季节

折一对相思叶
在这缠绵的萧瑟处相思
折一对千纸鹤
在这缠绵的相思里投注

写一段扣人心弦的小诗
送你一程人生之深情
在这个多雨的季节里
满是欣喜的祝福
祝福你幸福一生

叹心伤

为何

叹一半心伤

留一半心伤

为何

断一寸柔肠

萦一寸柔肠

是那

游思太如梦

是那

金风无情　催落飘叶

摇追当年　都随春水流远

自别后两地书　再无相见

为何

左一顾彷徨

右一顾彷徨

为何

前不见人人
后不见人人

是那
夜太深沉
是那
不知何处　飘来缕缕余香
怎奈天凉夜长
长灯直至窗现微茫
谁在念昔日　不来相忘

来　生

传说如果
彼此两情相悦
在今生又不能相守
就把彼此相爱的人
刻在三生石上

诺下
不要把今生的离别
带到来世
于是选下我的那块
刻上她的名字

在佛前许下誓言
做了今生的等候
期盼着千年后的相遇

如　果

如果　回忆是甜甜的
希望不要在记忆中消失

如果　泪水激起回忆
希望不要在回忆中干枯

如果　往事感动眼泪
希望不要在泪水中凋落

一切一切不要在现实中朝潮朝落
不要因一时的不惑
祷告一生来忏悔
不要在意孰是孰非
一切事物都有他的缘由

白云倒影在水中游走
绿叶随季节残萎凋谢
自甘堕落的人儿
会如风雨中的一叶
飘零的结果

直到如今

直到如今
你依旧是我不解的答案
正如我没有读懂的那一篇古文
深藏多年为你写下的诗行

沉醉落红的清香
醒时梦中远远地
不见你影子
等你的心在不安地低回
因你的眼睛有醉人的光辉

不知道你心内藏的是谁
不知道我在你心中的地位
多想在醉人的光辉中迷醉
多想道出心中的秘密
迷离中多想有一点点安慰

小巷中寻找你的痕迹
在这里彻底把心敲碎
一切的一切
月亮会在云中沉默

暮　色

暮色的凉风
吹皱一池清水
满是温柔的

如你多情的眼睛一样饱含神韵
最好在回眸的一瞬
荡起幽幽的心声

但在黄昏低沉的时刻
可曾听清或是听懂
怀抱琵琶的少女
弹奏低沉的调子

别忘却

为君

谱一曲《飘摇》吧

在午夜　春宵

别忘却

轻抚

端午之后的旋律

聆听

些许的清幽

请不要羞涩着回避

断章一样思索之后的音符

就好在芒种季节

来不及端详扰心的雨声

是　谁

是谁打破宁静
盈盈燕语般缭绕
将那三春破晓

每一声轻微的喘息
每一声轻盈的脚步
每一声吟吟娇笑

可记起夕阳下那株兰花
是谁遗落在夕阳下
又是谁把她拾起藏在心里
暗自欢喜

可曾忘了
那蒙蒙雨季串串足印远去的背影
又是谁回眸一望脉脉追忆

长庚启明

长庚星早已点燃

我的心还在犹豫不决

他只知照亮他的心胸

怎知我的苦忧

黑黝的山脉

在黑色的波浪上游走

我的心还在黝色的旋涡

他只知照亮行程

怎知我的艰辛

启明已在拂晓前苏醒

我的心还在依恋着幽梦

他只知独自幸福

怎知我的心上

红润的晨曦

启明在绯红的柔波里沉醉

我的心还在多雨的季节

他只知温馨他的欢欣

怎知我的惆怅

祈　求

你悄无声息地走了
我在默默地祈求
天空没有一丝晴意
小河在默默地流淌

我
一个人走在无人的小巷
一只断了线的风筝
无喜无忧

我不想去多虑而有太多的无奈
叹息不再存在
早晨的阳光不再是清爽
蝉也不再言语

知音的心弥望咫尺天涯
青鸟一去也不知回还
黄昏中抛下一片残云
留守依然痴望

主的心洁白无瑕

飘渺的身影

换来的却只是失落落的心

渴望日露出头来

照亮我内心阴暗的世界

花儿也掩藏了微笑

叶子呆呆垂向地面

是寂寞还是孤独

主的心在安慰写诗来安慰

黯然的天空不再有一滴眼泪

娇花的馨香不再有一丝芳味

泪也是白流

笑更无从寻觅

走了便是走了

追上了又如何

日子一滴滴地过

独上层楼

为何你的娥眉紧锁
双眸透满忧愁
你的香唇轻轻翕动
谁知道你心田的起伏

你脉脉轻踱细步
一步一步
似在磨碎醉心的苦楚
腊上的泪未曾干去

双眸还浸透幽咽时的翡翠
柔长的青丝零乱
抚慰你的脸
柔风徐拂　手抚阑干

墙角的梅

对你我不敢启齿

一枝墙角的梅枝

薄雪敷了一层的琼枝

羞红了颜色

再等二月天的风儿吹

漫天的香薰不语的娇呢

而后在冰化作泪的那个夜晚

风儿羞嘀

自此南渡的紫燕　细语呢喃

而残红了墙角那枝梅枝

对你　我不敢启齿

眷 顾

暮汐的风和着雨露的湿气
一双雨燕在巢穴呢喃不休

我　一个人
在微末的风里
回顾
许我绸缪眷恋你的容颜
在那里荡起人生美丽秋千

单是你回眸的一刻
就细腻得宛如露水芙蓉
你总是默默期盼
像熟睡婴儿一样香甜
不露行迹

而你怎知我的心里
轻一声呼唤
留下　我
在微末的风里

七夕之后

我的情感太过轻狂
不够珍重你的存在
若即若离之间飘忽不定
想象总比现实要过贪婪

七夕之后
就在心魔成性之时迫使我酝酿罪恶
情愿死在你的眼神之下
总比葬在这莫名的秋日要好

等到满山红叶时
花开花落吹散身后
只是昨朝老去的青春
已顺流远去

消瘦的你呀
不再目盲掩饰多情善感
残妆相照
来不及补足
今时已散去的容颜

我们只剩下了简单的对话

我们只剩下了简单的对话

对于彼此的约定不再提起

像是多年未见显得那么陌生

现实的利益与冲突

经不起太多的理由

总是不能够潇洒地回顾

放不下的又怎样一一忘却

抹不掉的痕迹总在显像

教科书一样牢牢印在历史的档案里

感谢你还能记清我的样子

远远地来相望

脑海的涛涌太多的指责

背负太多的良心债

纵有无数的金钱

却买不来你对我太多的温柔

埋葬了你对我的信任

不再死灰复燃

天空的云一样说散就散了

如彩虹一样只有短暂难忘的瞬间

梦终会醒

你还是你　我还是我

脱不了现实的命运

我们只剩下了简单的对话

对于彼此的约定不再提起

见不如不见

我还是我　依然麻木

麻木　你对我的一切

见不如不见

尽管总带些依恋

神话一样充溢血液的涌动

最终　我怕了

怕再相见　躲避这一切

躲避　你见我的眼神

让我酒醉　深深醉掉

不敢凝视　只是远远地来相伴

栀子花开时的香味弥漫

如潮水涌来的花碎

愿随风舞断这不解的侵袭

终是要散的这不解的纠结

梦约断桥听段新曲旧怨

渔火洲头

不及漫天星火莹莹

断不了　池蛙声声

推难却　心如千丝结紧扣

总是来不及

解读夏日的丝丝情意

心 念

你在我在　或爱或被爱
放不下　只为那一粒尘沙

平凡中化一滴泪水
却被爱的火焰为之灼烧蒸发

越是挣扎　在你我中间不是距离
是解不脱　世俗的漩涡

只有这一串念珠　划过指尖
许我念诵　缘经

不为来时来世　只为此刻
但约一世　随心念起

若如初见

那 时

左边　空着位置

心还在念着

隔了夜的茶　还散有清香

本来是为你　沏的

是为了那次不辞远去

那时桃花

那时青春

已远离三十岁的你我了

现在容我清静一会儿

那时月亮呀　是不惑是无言

还是为离别时的承受　压在胸口

但愿在下一春暖花开日

此心此生换你的　回心

梦　境

梓瑱爱做梦　　或笑或哭

可是她刚七个月　　什么都不懂

她的母亲说　　女人天生爱做梦

其实生活如梦

无非两样　　喜与悲

大喜大悲　　小喜小悲

只是所处的梦境不同

所赐予的

不是怎样抉择

而是我们所面对时的心态

态　度

最近　迷失了

渐行渐远

困惑的不知道怎样来回答

就连刚两周的女儿

都可以把我问住

最近　越来越委琐

分不清早晨和黄昏

山谷中布谷鸟的叫声

喜悦还是哀怨

联想到妻子的唠叨

一声一声刺入耳膜

说不出的胆怯和惶恐

明天或者说后天

天的蓝色

草的绿色

还有红色的花朵

还在　眼前

三月三，情与诗

三月三　春暖了整个清早

一切包容

春风吹过每片叶子和花瓣

这些爱怜皆出我心

几处心动　浮现尘间种种幻象

翻遍诗词

那些缠绵华丽的辞藻

修饰三月的尔雅和清秀

沐浴春光　回眸多娇的花儿

洒碎在绿茵起舞

三月的风轻轻吹

窗前缤纷　淡淡清香

成了相思与诸多回味

佛说世间万物皆是化相

可是我无法勘破世间

割舍不断人间烟火

于是修禅参佛来磨灭心中的业障

可是我还是无法抗拒

爱、别离、生、老、病、死

就在眼光交汇的刹那

三月偶然的相遇，注定了彼此一生

这一日　我问佛问来生

佛说　你看那香烬随风而去

我又问佛　云雨为何伴浮生

佛说　你看那潭静水无语自流

这一日　翻遍所有经书寻求生活中的疑惑

佛说　要看清你的心

不必刻意细节

占据你心的那朵莲花

不过是一时迷惑的容颜

真实的是你　就这样占据着我这颗心

花儿的馨香　飘散在春风里

垂柳在风中舒展叶子

情感增增减减

谁能够说得清楚

谁会知道那结果

只有尝试才能知道他的味道

隔着街道　暗色里映射着光亮

幽深时的甜美

回味总是都在渐渐消逝

当我们面对生活

可能如青藤一样缠了一生

归过我们年少

不能审视生活的多姿

迷雾一样不清不透

醉了也不胜酒力

只知道昏昏睡去

过了三月三

满天飞花是为你而落发

许下在来生再续前缘

而我为你拨动念珠诵遍经书

在今生为你消除一切苦难

为你愿修一切善

只愿青石山川相伴

听　溪水在桥下默默向东流去

看　青苔覆满卵石

可见鱼儿自由游走

静坐小舟

数落下的花瓣顺水而下

不见世间的纷扰

感情的记忆坎坎坷坷

启动了往日美好的时光

也随着奔涌而来

总在说人生的百般苦难是爱的长度

就在你我之间，爱、恨、离合中真切体会

从此吃斋念佛

却无法挣脱世俗的枷锁

总是说该是放下了不要再度沉迷

一切为空　当欲望迷失心智

食物成了鸟的欲望

看不见罗网的存在

当感情被冲动的愤怒掩盖

态度也会跟着改变

一张无形的网笼罩着我

左右我的思想

甚至逃避不了性格的缺憾

当面对善恶

心界本是纯洁的多情的没有一丝过错

却一再尝试着躲避不了隔山隔水的思念

一样的夕月聚散又圆缺

照见思念的人儿却依在

愿三月花前

青灯相伴木鱼声声

诵读一卷缘经

为这不期而至的相逢

太多留念的细节

你在高冈上的歌声

依在回荡

那动人的神情

山谷娇花一样

若如初见

我的心呀就在你的手中
总也跳不出你的掌心

你的眸子多情
月亮一样的洒散光亮
笑靥总是那么温柔亲切

我是你手指间线上的纸鸢
随着你的步调随风而起
在郁葱林径，涓涓细流
凝神深处含情微笑
秀发在风中起舞
不想再次错过
一切化为灰烬
面对追问让我如何开口
顿时血液桎梏
犹如春日不散雾霾分不清方向
不知道是对是错
等你的心不安地低回
纷杂的思绪翻来覆去
满天星辰心乱如麻

弦月如钩照无眠

有时不必说都已明了

有时相见了心已不再

忘记只是不愿再提起相念时的种种

可知我已融入你的身心

那涟漪不断地波澜

而今

恰好用我的诗来安慰当下不已的心扉

漫漫长夜　灯深月下

那些种种不是一言两语来表达

细雨轻柔

抚慰每一片叶子每一朵花儿

谁在雨纸伞下

深深地挥手作别

好像这个三月和我毫无瓜葛

就如鸿雁和鱼一个在天一个在湖泊

不存在利益和隔阂

心无归宿

如利剑斩断缰绳的驽马

在夜幕中狂奔

被飞溅起的星光顷刻割伤

排山倒海一样涌来

在某个流年某个向往

某个点某一刹那

留下许多甜蜜　忧伤和思念

曾为葱郁欣狂

直到心脉静止不动

网状的脉络交织着过往

从青春到老去

谈不到宗教和信仰

沉沦或者消亡

在思想的融入致使莫测虚实

是无名的积压和艳羡

或是没有遇见那场春雨

感受夜心的风寒

而后一片一片遍地花碎

逃避不了去承受肉身和意念的挣扎

在三月

诵经祷告虔诚的供奉

相信爱就在身边

勇敢战胜困苦和灾难

甚至疾病、横祸和战争带来的死亡

生活的点滴也需要音符伴奏

抒情的基调歌手热情的歌唱

每朵娇媚的花朵

蝴蝶都参与其中欢乐舞蹈

每一种事物都不是寂寞地存在着

生活呀

总是有瑕疵

真实不虚　不可能永远坚持

当风花雪月的时代伴随记忆

往日快乐和忧伤奔涌而来

冲撞生活的结扣

总是等待很多要懂得简单的生活

安静的心态去读书、看报和写诗

一直在你必经的路口

柳岸晓风残月的写照

三月的青春一再成了不舍的牵挂

风好柔美吹拂着浪漫情调

我只是我

当生命只是个体存在

瞬间的感动

只存在于时空的某一点

一种生命对另一个生命的领悟

岁月的流逝不定和虚无

甚至一种安慰或多或少

鸟在眼前斜飞

我看见他在飞

以为他只是在飞

何尝不是这些年什么都没做

鸟儿一样为了一日三餐无厘头奔走

心态和生活方式决定一切事物

面对心结感受世俗牵累

青春还是老去

甚至连爱情都不知该有的去处

面对人生得失不争不辨不为所动

也就在为之动容的刹那间

错过了花开花落

愿心如三月三细数花开

轻持经卷转经筒梵唱